KB252527

산수유 꽃담 마을

산수유 꽃담 마을

—

초판 1쇄 2026년 3월 10일
지은이 홍준경
펴낸이 김영재
펴낸곳 책만드는집

—

주소 서울 마포구 양화로3길 99, 4층 (04022)
전화 3142-1585·6
팩스 336-8908
전자우편 chaekjip@naver.com
출판등록 1994년 1월 13일 제10-927호
ⓒ 홍준경, 2026

—

—

ISBN 978-89-7944-921-1 (04810)
ISBN 978-89-7944-354-7 (세트)

책 만 드 는 집
시인선 277

산수유 꽃담 마을

홍준경 시집

책만드는집

목마른 사향노루는

우물을 찾아 산천을 헤매 다니다가

사향의 향내가 멀리까지 번져 사냥꾼의 표적이 된다

역설적으로 나는 산수유를 전국에 홍보하여

자칭 타칭 '산수유 시인'이 되었다

내 생애 마침표 찍을 때까지

산수유 시인 홍준경으로 남고 싶다

산수유 마을에 태어난 건 나에게는 큰 축복이자 자랑이다

2026년 3월

홍준경

4부 소라게 부부

1부

산수유 꽃물결

산수유 꽃물결

웃자란 그리움이
산수유
꽃물 들이고

병아리 껍질 쪼아
줄탁동시啐啄同時 부화하듯

눈바람
그러안고서
선잠 깬 눈
거슴츠레하다

산수유 마을

밑술 익는 꽃담 마을
누룩 향이 물씬 난다

오는 손님 반갑고
떠난 길손 서운타마는

어째야,
어째야 쓸까 몰라
분분히 꽃 지는데

노고단 바람꽃

구름 띄워 피워내는
이른 봄 여린 꽃은

화엄사 범종에 깬
우바니優婆尼 눈물인 듯

스스로
적멸에 들면
흔적마저 지우는 꽃

하지 무렵 쑥국새

짝 못 찾은 쑥국새가
쑥국쑥국 목을 놓고

그 소리에 수국꽃이
수국수국 벙그는 오후

꽃구경
넋을 뺀 해가
떨어질 줄 모르네

각시붓꽃

바람마저 초록빛인
오월의 하늘 아래

각시붓꽃 한 송이가
붓대를 꽉 꼬나쥔다

누군가
문인화 한 폭
오며 가며
마주치겠다

억새

가을 빛살 쏟아질 땐
장승처럼 앙버티다가

어둠이 내려앉으면
무른 근육 흐너진다

뼈마디 욱신대는 밤
백발이 흠뻑 젖는다

봄밤, 산수유 마을

산동마을 봄밤은 야웅이처럼 살그미 온다
산수유 벙그는 꽃술, 행여나 어쩔까 봐
우수절 해토머리 바람
가없이 숨죽이지

이웃집 저녁연기 땅거미에 파묻히면
어둠 삼킨 마을은 망망대해 크루즈선
불빛의 실루엣까지
까맣게 지워버렸어

와병 중인 아내 병실 안부 전화 걸다 말고
혹여 잠에서 깰까? 반쯤 핀 꽃 사진과
산수유 꽃말을 엮어
남녘 소식 띄운다

안개비 눈부처

능금꽃 안개비에 눈부처로 뜨는 그 사람
샛강에 흐르는 봄물 꽃잎 물고 가는 터에
속없이 허허로운 건 나이 탓만 아닐 거야

촉촉하게 물이 올라 풀물 두른 저 산자락
서서히 물감 먹여 짙은 색채 얼비친 창
소싯적 얼굴 하나가 눈부처로 떠오른다

가야伽倻 토기

갈기 세운 말발굽이 숱하게 지나간 자리
땅속 깊이 숨어들어 한 세월, 새김질했나
누천년 버텨온 결기, 비낀 햇살 환하구나

죽어서 살아날 이름 결이 굳은 자존의 땅에
땀방울 훔쳐내며 빗살 새긴 가야 도공
흙냄새 맑은 얼굴이 청동빛 꽃이 됐다

아스라이 멀어져 간 차진 흙 물레 소리
첨단 문명 제쳐놓은 그 순결한 손끝인가?
전시관 한쪽에 앉아 가야 왕조 사초를 쓴다

산수유 꽃길

걸어서 이십여 리 목가마을 산수유 꽃길
듬성듬성 노고단 잔설
새치처럼 하얀데
강황 물
흩뿌린 꽃담
들머리부터 노랗다

누가 오면 어떠하고 떠나간들 또 어떤가
강물 한번 흘러가면
다시는 못 돌아오듯
눈 밟혀
아슴아슴한 이들
꽃으로나 와줬으면…

달빛 제국

내가 사는 지리산 자락
밤만 되면 달빛 제국

띄엄띄엄 가로등이 초병처럼 서 있지만

달빛이 어둠의 영토
황제처럼 지배한다

산수유 꽃담

꽃이 피어서야 겨울이 간 걸 알았습니다
세월을 껴안고 고요가 산처럼 쌓인 집
고샅길 산수유 꽃담 정겹게 눈길 줍니다

흐드러진 꽃밭에 잔치 벌인 벌 나비들
그 소리 내 유년이 귀 기울인 듯 보이고
가슴에 묻어둔 이름 가만가만 불러봅니다

함석지붕 처마 위로 참새 떼 날아가면
마파람에 흔들리는 산동마을 산수유 꽃잎
봄날도 그냥 못 가고 질척이는 강물입니다

내춘불래춘 來春不來春

치잣물 흠뻑 감고
산수유꽃 환한 날에
여울가 징검다리
디딤돌을 놓았습니다
밤새껏 격자 창호에
문풍지만 울었습니다

청보리 잔물결로
이른 봄이 춤을 춰도
짠하디짠한 내 사랑
빈자리 채울 길 없는
절명의 설움 보듬은
흔들리는 봄날입니다

2부

겨울 구례

겨울 구례

고삐 풀린 겨울바람 산수유 숲 훑고 간다
만등불사卍燈佛事 끝낸 들녘 낮달만 기웃대는
골 깊은 겨울 산동은 그림자도 훈김이 된다

이웃 소식 무장 뜸해 마실 가듯 가는 오일장
얼추 봐도 장꾼들이 손님보다 훨씬 많아
말 고픈 사람들 모여 뜬소문 입방아 찧고…

북적대던 선술집에 어스름이 찾아들면
떨이 물건 한 보따리 얼기설기 꾸려 들고
어둠을 등에 진 귀갓길 허기가 한 짐이다

별꽃 당신

언제였더라, 당신 만난 게
별꽃 피는 하늘 아래

거짓꼴 하나도 안 보태고 내가 찾던 별꽃이 바로, 바로
당신이었어, 참말로 밤낮 가리지 않고 빛나는 별!

내게서
없어선 안 될
우주의
별꽃인 게야

멀미

능선마다 산벚꽃이
꽃멀미를 앓더니만

한 줄기 바람 일자 와르르 사태가 났네

아따매!
어째야 쓸까이
혀만 툭툭 차는 봄날

사리 품은 백중 달

쑥버무리 한 시루 쪄 보릿고개 넘겼는가?
백중사리 품은 달이
먹빛 하늘 헤집고 나와
품앗이 땀 적신 적삼
짠하다며 쓸어안네

한 줌 씨앗 가꾸는 게 혀 놀리듯 쉽지 않아
천수답 돌자갈 무논
호미질에 써레시침
그 일손 끝내고 나면
이때 잠시 농한기네

담장 맞댄 이웃들아, 잘 익은 술 있거들랑
굿거리 사물 장단에
동이째 내어 오게
겹시름 사려 풀면서
백중맞이 놀아보세

오동꽃 5월

오동꽃에 소쩍소쩍
오월이 두루 귀 열면

사나운 먹구름 비 초여름 헹구며 가고

개구리 떼창 합주가
짙은 어둠 흔든다

오동낭구 심은 사연
오동꽃은 모를 거야

봉황은 죽竹씨만 먹고 오동에만 산다더니

봉황은 글쎄 아니 오고
빗줄기만 세차다

애호박 서리

해마다 저 싸리울타리
애호박이 그네를 탔지
눈도장 콕 찍어놓고
틈만 나면 서리질했어!
간만에 찾은 골목길
왠지 낯선 이방인 같다

가슴 부푼 호박꽃이
꿀벌 불러 젖 물릴 때
조심스레 감싸 쥐고
살포시 보쌈도 했지
화들짝 깨어난 동심
그 시절이 아련하다

눈꽃 열차

눈 오는 날 우리 집은 철로 없는 간이역사다

굳이 이름 붙여 부른다면 산수유역쯤이 어떨까? 흐릿한
지난 기억을 함박눈이 배달해 주는 동화 같은 설국 열차!

먼 하늘 기적 소리가 환청처럼 맴돌다 가는

혼밥

아내를 먼저 보내고
방랑하듯 외식만 했어

밥솥이
녹슬 무렵
집밥에
불을 댕겼지

혼밥이
꼭 나쁜 건 아냐
그리움도 찬이 되니

강변 장다리꽃

황금빛 꽃단장에
푸른 강이 금빛이다

장다리는 한때라도
저리 곱게 물드는데

언제쯤 우리네 생은
저런 꽃이 될까 몰라

목어와 낮달

희멀건 쪽배 한 척
하늘 저편 떠서 간다
넘실대던 구름바다
민낚시 드리우자
목어가 덥석 물었나? 사바세계 움찔한다

목어가 파닥이자
범종이 뎅그렁 운다
흠칫 놀란 절간 삼매
한순간에 깨어지고
동자승 가사 자락에 회오리가 일어난다

무인도 낮달

티 없이 하얀 낮달
무인도에 닻 내리면
언뜻 건듯 가버린 날들
아쉬움 끝없어라
또 한 해 기우는 섣달 햇살도 추위에 떤다

내가 사는 산동마을은
육지 속의 외로운 섬
한낮엔 실눈 뜬 달
밤에는 뭇별 옹알이
이따금 우는 벨소린 횡재 겹친 날이다

외로움도 사치라고
스스로 안부를 묻고
하늘 한번 쳐다보다
낮달과 눈이 맞아
실없이 홀로 중얼거린 말 한 트럭이 넘는다

3부

가시찔레

성묫길 가시찔레

울 엄니 꽃상여 타던
그해 그 오월처럼

눈에 익은
성묫길
가시찔레
한물입니다

켜켜이
묵힌 그리움
찔레꽃으로 피어납니다

몽당빗자루

마당 쓸 땐 눈에 뵈는 티끌만 쓸면 안 돼

내 안의 잡념도
치울 줄 알아야 해

사람은
나이 들수록
몽당비 하나쯤은
챙겨야 해

늑대 울음

한라산 중산간의 장마철 여름밤은
배곯은 초원 늑대
울음 같은 바람 소리가
설닫힌 거실 창문을
사납게 흔들어댔다

한 쌈 채소 가꾸듯
사랑도 그래야 해
흙손 비벼 쌓은 토담
태풍에 버텨내듯
아무리 세찬 바람도
우리 사랑 꺾지 못하게

굴뚝새 한 마리
― 문해 일기

검푸른 제주 중산간
대문 없는 이층집에
굴뚝새 한 마리가
외로이 살고 있었네
그을음 깃털에 묻힌 채
그 둥지 뜨질 못하네

푸드덕 날개 펴면
물머리 끝이 물이거늘
살결에 밴 굴뚝 냇내
차마 못 씻어내고
떠날까, 마음 죄는 밤
꿈만 꾸다 새벽 맞네

비양도 장다리꽃

갯바람이 얼러 키운 비양도 장다리꽃
까치발 곧추선 채
요망지게 꽃잎 틔워
물보라
흠뻑 맞으며
잔기침을 앓고 있다

뭍에 갔다 온댔는데 믿지 못해 애태우나?
조붓하게 무리 지어
촉촉한 눈빛 하고
오늘도
하냥 그렇게
까치놀로 부서진다

가파도 돌담

세상사 팍팍할 땐
가파도 한번 가보시게
바다 멀리 눈 던지고 무심코 거니노라면
하늘이 전하는 얘기
돌담이 일러줄 테니

보리밭 고랑 위로
담장 넘는 저 물보라
바닷속 숨은 뒷담화 귓전에 적셔놓고는
난바다 스스로 회귀하는
저 깔끔한 뒤태 좀 봐!

마라도

뱃길로 반 시간 남짓
한반도 남쪽 끝 섬
발길 한번 닿기까지 칠십여 년 세월 지나
쇠별꽃
새침하게 눈 뜬
마라도에 올랐다

겨울이 봄에 밀려 추위 걱정 하나 없이
서귀포 등지고 있는 평화로운 섬마을
바다에 발목 담근 채 하늘빛 섬기며 사네

가깝고도 먼 섬에서는
울림이 우레와 같다
두어 시간 머물다 회항하는 파도 위에
한 두름
추억 엮으며
아쉬움 뿌리며 왔다

겨울 독백

겨울밤 지리산은
별 무리 연회장인가?
뭇별들 웅성거림
설핏 잠든 날 깨우면
사위는
칠흑에 덮여
여명 무지, 더디 온다

유튜브 채널 돌리다
컴퓨터 켰다 끄고
그게 또 싫어지면
신들린 듯 배회하는 밤
나 홀로
사는 건 어쩜
망루 없는 옥방 아닌지?

오뉴월 개구리

개굴개굴 귓전 울리는 망종 무렵 개구리 울음

무논 가득 떠들썩한 오뉴월 콘서트에 철부지 유년으로
되돌아가 할 일 없이 옛 추억 곱씹어 보네, 곱씹어 봐 보
릿고개 하굣길 주린 배 참을 수 없어, 어매 없는 집 안에
먹을 거라곤 보리숭늉뿐, 뭘 에서 더 보겠어, 허겁지겁 한
두 대접 벌컥벌컥 마시고 나면 시장기 조금은 가시는 게
야 참말로 호랭이 물어 갈 세상이었지

어느새 또 보리누름 그립다 그 시절이 흑흑

울담 꽃밭

긴 장마에 옆집 누이 꽃모종을 가져왔어

호미로 풀섶 헤집고 동심을 심어줬지 고마움에 내 나름
정성껏 섬겨 가꿨더니 뿌리 내린 그 꽃밭에 색색이 핀 채
송화가 환하게 웃는 게야, 아주 환하게! 그 꽃밭 멍하니
바라보자니 까까머리 때 두레 밥상 정성껏 챙겨주던 한
여름날 울 엄니와 세 누이가 불현듯 눈에 밟히는 거야

울담에 묵혀둔 회상 꽃잎 피우러 오신 게야

지부상소持斧上疏*

매화는 추위에도 향기를 팔지 않는 법

  먹물 선비는 가난해도 생으로 죽을지언정 옳은 말꼬리
를 썩히지는 않는다 흐트러진 시대를 일갈하며 죽음을 무
릅쓰고 지부상소 올리는 선비정신! 지금 이 나라에 눈을
씻고 찾아봐도 없으니, 참 한심하고 안타까운 일 아닌가?
사필귀정 사라진 땅에 당쟁만이 개판을 치는 오늘

올곧은 시대의 혼불 지필 이 누구인가?

* 받아들이지 않으려면 머리를 쳐달라는 뜻으로 도끼를 지니고 올리는 상소.

도꼬마리 사랑

그놈의 도꼬마리 가시 사랑에 굶주렸나?

옷자락에 한번 붙으면 떨어질 줄 모르나니, 한 생 살아
가며 그런 사랑 한 번쯤 해봤으면 좋으련만…

아니야, 사랑도 사랑 나름
떨어질 줄도 알아야 사랑이지

4부

소라게 부부

소라게 부부 1

소라게 부부 거처는 1가구 2주택이다
찰떡 금슬 궁합에도 각자 집에 머물다가
밀애를 나눌 때만은 모래톱이 금침衾枕이다

세속의 이름표에는 별 연연하지 않는다
탐욕에 익숙지 못해 집착은 내려놓고
때로는 그 소라 집마저 가차 없이 버린다

소라게 부부 2

58

너와 나 할 것 없이
나이 들면 소라게 부부

한 지붕 두 방 쓰는 게
누구인들 다를거나

그래도 그게 어디야
아침저녁 눈 맞추는 게

억새 1

억새는 갈바람을
원망하지 않는다

뿌리를 단단히 박고
바람 따라 흔들리며

시류에 꺾이지 않는
참된 순종 알려줄 뿐

억새 2

강풍 앞에 엎드렸다
또다시 일어서는

결 굳은 억센 자존
물억새를 보아라

고개를 숙일지언정
무릎은 꿇지 않는다

억새 3

물안개 자욱한 아침
텃새 떼 분주히 난다

누워 있던 억새 숲이
노숙에서 깨어나

은빛의 햇살 머금고
무소유를 소유한다

억새 4

바람에 꽃을 흩는
억새를 가만히 보자

줄기는 흔들릴지언정
뿌리는 그대로다

우리네 삶은 그거다,
뿌리 깊게 사는 거다

억새 5

늦가을 마른 억새는
새로 구한 면도날이다

사람도 나이테 늘면
저, 잎처럼 날이 설까?

군살은 모두 버리고
깔끔하게 살라 한다

억새 6

억새꽃 하늘하늘
씨방 물고 날아오른다,

바람에 몸을 맡긴
자유로운 비행이다

어쩌면 우리네 하루가
경계 없는 옥살이 같다

억새 7

함박눈은 겨울 억새의
두툼한 솜이불이다

찬 바람 엄습해도
구시렁댈 겨를 없는

앙상한 뼈대를 위해
신이 주는 방패 같은

억새 8

억새의 겨울나기는
자신과의 싸움이다

피골상접 참아가며
홀로 버틴 눈과 바람

생은 다 그런 것이라고,
함부로 말하지 말자

억새 9

가을의 민둥산은
억새꽃 화엄 세계다

하늘하늘 하얀 꽃이
산허리 감아 돌면

등반객 환호 소리에
뜬구름도 탑을 쌓는다

억새 10

강골의 뼈대를 보면
영락없는 선비 지사

붓대 하나 곧추세워
산봉우리 주인 된 억새

가을엔 면사포 쓰고
쪽빛 하늘 수繡놓는다

5부

적막

적막

장끼 소리 꺾어진 봄
적막이 휘장을 친다

가랑비 오락가락
감질나게 지나간 후에

개구리 울음소리가
외로움을 지우고 있다

갈치의 족보

제주도 은갈치는 물으나 마나 낚시 갈치

똑같은 물에서 잡아도 그날의 운수 따라 값은 천양지차
이니 어떤 놈은 팔자 좋게 낚시 물어 은값 받고 어떤 놈은
팔자 사납게 그물에 걸려 먹갈칫값이라 그것참 억울함이
어물전 난장판이네

여수항 그 먹갈치는 헐해도 맛만 좋더구먼

황소와 코뚜레

연식 지난 안경 바꾸려 단골집 찾아갔다

시력을 테스트하고 새 안경이 나올 때까지 사나흘이 걸
린단다 날짜에 맞춰 방문했더니 안경알만 달랑 내민다 황
소를 샀는데 코뚜레 고삐를 안 매주면 소는 어이 끌고 가
나요? 그 말에 인심 좋은 안경집 사장 안경테에 안경알을
잘 맞추어 끼워보란다 워매 딱 어울리네요! 넙죽 인사하
고 나오는데

욕심이 지나쳤는지 길바닥이 울렁거린다

비상계엄

어쩌자고 어찌하라고
망나니 칼춤 추듯

'아닌 밤중 홍두깨'
불장난을, 저질렀나

나라 꼴
이 지경 되도록
'지부상소' 왜 없었을까?

물봉선화

물고랑
텃세하며
가을하늘
쥐락펴락

갈바람
귓불 스치자
톡 터진
씨앗 주머니

여문 꿈
숲길 곳곳에
퍼트리는
꽃의 요정

고마리꽃

못 헤어날 진구렁에
실낱같은
뿌리 내리고

목 타게 기다렸나,
살진 햇살
가을날을

흰 속살
드러내 놓고
아기 꽃
피우면서

천은사 백일홍

수홍루 앞뜰 꽃밭
백일홍 꽃모종을
꽃삽 없이 고운 손 빌려
집 뒤뜰에 옮겨 심었다
한때의 그녀 모습처럼
환하게 필 것이다

아침저녁 눈길 주며
정성 다해 북돋우고
마치 그녀 얼굴 보듯
내 눈에 담고 있다
저 꽃은 그냥 꽃 아닌
우리 사랑 마중물이다

어느 어촌의 오후

비구름 잔뜩 품은
하늘가 돌풍 일고
금세라도 폭우가
사납게 삼킬 개펄
그런 날 오후 한때는
적막이 만선이다

어부들 동죽 캐러
트랙터 향하는데
궂은 날씨 훼방꾼이
발길을 붙잡는다
썰물에 드러난 바다
무인도도 점이 된다

갯마을 아낙들이
토해내는 들숨 날숨
한숨 긴 고창 갯벌

보는 나도 애가 탄다
뻘밭을 돌아서는데
뒤가 자꾸 밟혀온다

백일홍

사랑하는 그 사람이 심어놓은 백일홍
다섯 그루 꽃대에서 한 송이가 피었습니다,
그녀를 다시 본 듯이 두고두고 섬기렵니다

사진 찍어 보내라던 전화 한 통 받고서
셔터를 누르려다 이내 접고 말았습니다,
절절한 해설 없어도 눈에 선할 테니까

섬진강 휴게소에서

나도 한때 온 가족이 바리바리 백팩을 메고

여름휴가 가는 것이 우리 집 연례행사였지 지금은 해묵
은 까마득한 먼 날 이야기인 것 같아 옆자리 꼬맹이 둔 부
부 뭐가 그리 즐거운지 낄낄깔깔 군것질에 웃음꽃 만개한
게 젊은 날 우리 집안 진풍경을 본 듯하네, 본 듯해! 우리
도 한때는 저러코롬 행복했었지 아니야 진짜 아니야 저보
다 더 크고 밝게, 행복했었어

강물은 역류할 수 없어도 추억은 역류하니까

누이야! 나의, 누이야

1
산수유꽃 핀 삼월이면
한 해 한 번 그때는 꼭
친정집 댕겨간다고
언약했던 누이야,
이제는 몸이 무거워
못 오는 것 나도 안다

2
기별 없이 온 가을이
무심하게 또, 가는구나
하마터면 내 생일도
잊을 뻔한 시월 십팔일
누이의 전화를 받고
엄니 미역국이 생각났다

속도위반

1

교통법규 위반 딱지
느닷없이 날아들었다
분명하게 찍혀 있는
학교 앞 과속 주행
아이참
그놈의 카메라
잠도 없는 올빼미인가?

2

결혼 후 2개월 만에
큰놈을 선물 받았다
사랑을 서두른 부부
삼신할미께 감사했다
아이참
속도위반도
이렇게 다르다니

궁핍한 시대를 건너가는 시
혹은 아득한 곳에 머무는 시

김남규 아주대 교수·시조시인

  소설이든 시든 간에 시공간에 대한 감각은 '지금 여기hic et nunc'와 더불어 구체적인 '장소topos'에서 발원한다. 사건으로서의 시간 혹은 변화 자체로서의 시간 내에서, 특정한 공간에 위치한 주체의 시점에 의해 장소화되는 과정이 바로 우리 삶이고 세계이며 예술일 것이다. 특히나 시적 상상력이 투영된 '표상 공간'*은 실제 장소 이상의 의미를 지니면서 동시에 독자와 교감할 수 있는 기억의 장소가 되기도 한다. 이를 시와 연관하여 '심상지리心象地理'라는 개념어로 부르기도 하는데, 여기서 중요한 것은 시공간이 우리의 존재를 정초 짓는다는 점과 '문

* 앙리 르페브르, 『공간의 생산』, 양영란 역, 에코리브르, 2011, 80쪽.

학의 공간l'espace litteraire' 역시 주체의 내밀성과 본질로부터 구성되는 시공간이라는 점이다.

따라서 "사람은 자신이 살고 있는 장소이고, 장소는 곧 이곳에 살고 있는 사람"*이라는 에드워드 렐프의 지적처럼 특정한 장소에 특별한 서사가 혹은 특별한 서사는 특정한 장소에 깃든다. 물론, 이때의 특정한 장소는 한 주체의 특수성에서 기인하는 것이며 지극히 개별적인 것이다. 그러나 이때 가장 특수한 것이 곧바로 보편성이 되는 경우가 있으니, 그것이 바로 예술이다. 특히 시가 그러한데, 특정한 장소가 나의 동일성에 상처를 내고punctum 균열을 일으키면서 '타자-되기'를 강요한다. 이 과정을 우리는 '낯설게하기'라 부르는데, 익숙한 곳이 낯설게 되는 그때, 주체는 과연 어떤 주체였고 앞으로 어떤 주체가 되겠는가에 우리는 주목해야 한다. 그것이 우리의 존재론이고 시의 존재론이기 때문이다.

하여, "밑술 익는 꽃담 마을/ 누룩 향이 물씬 난다// 오는 손님 반갑고/ 떠난 길손 서운타마는// 어째야,/ 어째야 쓸까 몰라/ 분분히 꽃 지는데"(「산수유 마을」)에서 보듯이 홍준경 시인이 정주하고 있는 '꽃담 마을'에서의 내면-풍경은 과연 어떤 리듬을 만들어내고 있을까. 이는 시인의 존재론이자 곧 시조의 존재론이기도 할 것이다. 따라서 이 글은 이번 홍준경 시집에

---

* 에드워드 렐프, 『장소와 장소상실』, 김덕현 외 역, 논형, 2005, 252쪽.

나타난 장소에 특히 주목하면서 장소가 어떻게 시를 촉발하는
지를 살펴보고자 한다.

궁핍한 시대, 부정의 변증법

우리의 현실은 '매우' 비극적이다. 그 누구도 부인하기 힘들
것이다. 김우창 평론가는 이러한 비극적인 현실에 허리 굽히고
들어가는 방법 외에 세 가지 방법을 제시하였다. 첫째, 거짓말
세상을 버리고 세상의 저 너머에 존재하는 초월적인 진실 속에
은퇴. 둘째, 세상을 진실된 것으로 뜯어고치도록 현실 속에서
행동. 셋째, 진실의 관점에서 세상을 거부하되, 현실의 관점에
서 세상을 완전히 받아들이는 '비극적인 태도'.* 여기서 문제는
현실과 진실과의 거리다. 거리가 너무 멀거나 심지어 단절되었
다면 과연 우리는 어떤 태도를 보여야 할 것인가. 이 세계는 완
전히 타락했으니 진실은 없다고 포기한다면, 우리는 어떻게 살
아야 할까. 반대로 '진실에의-의지'를 갖고 세계 내에서 진실-
찾기에 매진한다면 과연 진실을 찾을 수는 있을까. "비극적인
인간의 절대선에 대한 요구가 크면 클수록 세상이 유일한 존재

---

* 김우창 전집 1, 『궁핍한 시대의 시인』, 민음사, 1997, 126쪽.

86

의 장이면서 타락해 있는 곳이라는 역설에 부딪치고 이 역설 속에서 그의 전심과 부정의 변증법은 계속된다"*는 지적처럼 우리는 진실의 부정과 부재로서 진실이 '있었던 자리'만 확인할 수 있을 뿐이다. 그러나 이 역설과 변증법을 끊임없이 반복하는 것이 바로 예술이고 시의 리듬이 아닐까.

가을 빛살 쏟아질 땐
장승처럼 앙버티다가

어둠이 내려앉으면
무른 근육 흐너진다

뼈마디 욱신대는 밤
백발이 흠뻑 젖는다
　　　　－「억새」 전문

억새는 갈바람을
원망하지 않는다

뿌리를 단단히 박고

---

* 김우창, 위의 책, 127쪽.

바람 따라 흔들리며

시류에 꺾이지 않는
참된 순종 알려줄 뿐
  -「억새 1」전문

  홍준경 시인은 이번 시집에서 「억새」 연작을 통해 진실에
의-의지를 강하게 보이고 있으나, 시인도 짐작하고 있지만, 진
실은 알 수 없다. 아니, 진실을 안다고 말해도 그것은 진실이 아
닐 가능성이 높으니, 그저 진실이 부재한, 진실이 잠시 있었다
고 생각되는 자리만 더듬는 수밖에. 시인을 비롯해 우리는 세
계와 사물의 근거 혹은 본질을 알 수 없으니, "뼈마디 욱신대는
밤/ 백발이 흠뻑 젖는다"고 말할 수밖에 없다. "가을 빛살 쏟아
질" 때와 "어둠이 내려앉"을 때만 말이다. 그때가 바로 진실이
머물다 가는 자리 혹은 진실이 잠깐 반짝였던 시공간이 아닐
까. "뿌리를 단단히 박고/ 바람 따라 흔들리"는 억새는 부정적
현실과 "시류에 꺾이지 않"고자 한다. 홍준경 시인은 진실의 관
점에서 '시류'를 거부하되, 현실의 관점에서 '바람 따라' 세상
을 받아들이는 '비극적인 태도'를 견지堅持하고자 한다.

  강풍 앞에 엎드렸다
  또다시 일어서는

결 군은 억센 자존
물억새를 보아라

고개를 숙일지언정
무릎은 꿇지 않는다
　―「억새 2」 전문

늦가을 마른 억새는
새로 구한 면도날이다

사람도 나이테 늘면
저, 잎처럼 날이 설까?

군살은 모두 버리고
깔끔하게 살라 한다
　―「억새 5」 전문

　비극적인 태도를 유지하기 위해 홍준경 시인은 이번 시집에서 '억새'라는 소재를 선택한 것으로 보인다. "강풍 앞에 엎드렸다/ 또다시 일어서는// 결 군은 억센 자존"이 바로 그것. "고개를 숙일지언정/ 무릎은 꿇지 않는다"는 결기決起가 시인을 보는 것을 시인이 본다. 마찬가지로 "늦가을 마른 억새는/ 새로 구한 면도날" 같지만, 과연 "사람도 나이테 늘면/ 저, 잎처럼 날이 설까?" 하고 묻는다. 그러나 시인은 여기서 반전을 꾀한다. "군살은 모두 버리고/ 깔끔하게" 사는 것으로 비극적인 태도를 초극하고자 한다. 날 선 것과 부드러운 것, 누군가를 해하는 것과 누군가를 품는 것. 비극적인 태도가 반드시 비극을 만들어 내야 할 필요는 없지 않은가. 비극적인 태도로 세계를 따뜻하게 품는 일, 시가 가장 잘하는 일이다. 홍준경 시인도 마찬가지인 듯하다.

바람에 꽃을 흩는
억새를 가만히 보자

줄기는 흔들릴지언정
뿌리는 그대로다

우리네 삶은 그거다,
뿌리 깊게 사는 거다
　　　－「억새 4」 전문

함박눈은 겨울 억새의
두툼한 솜이불이다

찬 바람 엄습해도
구시렁댈 겨를 없는

앙상한 뼈대를 위해
신이 주는 방패 같은
　－「억새 7」 전문

　그러나 결국, 비극적인 태도는 주체의 문제로서 주체가 스스로 감당해야 할 몫이다. 이 세계에 내던져져 있기 때문이다. 이에 따라 우리는 '어쩔 수 없이' 눈앞의 현재에 매몰되어 비본래적 삶을 추구하게 된다. 그 누가, 그 어떤 것도 알려주지 않으니, 우리 주변에 있는 '세인世人, das man'들처럼 우리 역시 모방 욕망으로 하루하루를 살아-간다. 그러나 시인은 "바람에 꽃을 흩는/ 억새를 가만히 보"면서 한 가지 깨달음을 얻는다. 바로 "줄기는 흔들릴지언정/ 뿌리는 그대로"라는 점이다. "뿌리 깊게 사는" 것이 바로 주체 본래성을 추구하는 길이 아닐까. "찬 바람 엄습해도/ 구시렁댈 겨를 없는// 앙상한 뼈대"로 남은 억새가 겨울을 나려면, 결국 '깊은 뿌리'와 '두툼한 솜이불 같은 함박눈'이 필요하다. 시인은 깊은 뿌리와 솜이불 같은 함박눈으로 비극적 현실을 건너가려는 것이다. 물론, "억새의 겨울나기는/ 자신과의 싸움이다// 피골상접 참아"(「억새 8」)내야 할

만큼 녹록하지 않다. 그럼에도 불구하고, 시인은 버틴다. 억새
처럼 부정의 변증법으로 말이다.

과거를 안고 가는 현재, 사설시조

"문학이 하나의 이야기를 말하고 또 무엇인가를 이야기할
때마다, 매 순간, 문학은 무엇이며, 또 문학의 언어작용이란 무
엇인가를 드러내고 보여주어야 한다"*는 미셸 푸코의 지적처
럼 시조-작품이 특정한 무언가를 이야기할 때, 시조는 무엇이
며 시조의 리듬은 또 무엇인가를 보여주는 동시에 스스로의 존
재론을 증명해 내야 하지만, 시조는 스스로 충만하다. 시조 리
듬의 특수성이 곧 당위가 되기 때문이다. 이 가운데 홍준경 시
인은 세계를 구성하는 방법 중 하나로 세계의 부정성을 '날것'
그대로 사설시조로 드러낸다. 사회 체제의 모순에 대한 불만을
드러내거나 현실을 부정하면서 해학과 풍자를 보여주는 사설
시조의 형식과 구조는 앞서 언급한 부정의 변증법과 크게 다르
지 않다. 그러나 홍준경 시인은 사설시조로 현실을 비판하거나
부정의 대상을 희화화하는 대신, 순수 과거를 소환하여 현재의
'세계상world picture'을 그려낸다.

---

* 미셸 푸코, 『거대한 낯섦-문학에 대하여』, 허경 역, 그린비, 2023, 123쪽.

개굴개굴 귓전 울리는 망종 무렵 개구리 울음

　무논 가득 떠들썩한 오뉴월 콘서트에 철부지 유년으로 되돌아가 할 일 없이 옛 추억 곱씹어 보네, 곱씹어 봐 보릿고개 하곳길 주린 배 참을 수 없어, 어매 없는 집 안에 먹을 거라곤 보리숭늉뿐, 뭘 예서 더 보겠어, 허겁지겁 한두 대접 벌컥벌컥 마시고 나면 시장기 조금은 가시는 게야 참말로 호랭이 물어 갈 세상이었지

　어느새 또 보리누름 그립다 그 시절이 흑흑
　−「오뉴월 개구리」 전문

　긴 장마에 옆집 누이 꽃모종을 가져왔어

　호미로 풀섶 헤집고 동심을 심어줬지 고마움에 내 나름 정성껏 섬겨 가꿨더니 뿌리 내린 그 꽃밭에 색색이 핀 채송화가 환하게 웃는 게야, 아주 환하게! 그 꽃밭 멍하니 바라보자니 까까머리 때 두레 밥상 정성껏 챙겨주던 한 여름날 울 엄니와 세 누이가 불현듯 눈에 밟히는 거야

　울담에 묵혀둔 회상 꽃잎 피우러 오신 게야

—「울담 꽃밭」 전문

홍준경 시인에게 있어 과거는 지나간 일, 끝난 일이 아니다. 과거는 끊임없이 시인에게 도래하며 그 과거와 함께 현재를 지나-간다. 즉, 과거는 그 자체로 자기 자신 안에서 보존된다고 말할 수 있으며, 이때의 과거는 '순수 과거'로서 시인의 존재론에 가닿아 있다. 이에 따라 시인은 시간의 흐름에 따라 배열되는 '이야기story'보다는 의도에 따라 사건이 재배열되는 '플롯plot'을 보여주는 것에 집중한다. "개굴개굴 귓전 울리는 망종 무렵" 시인은 "무논 가득 떠들썩한 오뉴월 콘서트" "철부지 유년"으로 되돌아간다. 아니, '오뉴월 콘서트'와 '철부지 유년'이 시인에게 왔다. "보릿고개 하굣길 주린 배 참을 수 없어, 어매 없는 집 안에 먹을 거라곤 보리숭늉뿐"이었겠지만, 그때의 "보리누름 그립다 그 시절이"라고 말하며 "호랭이 물어 갈 세상"을 그리워한다. 그렇다면 시인의 현재는? 특정 대상과 특정 때가 그립다는 것은 망각을 전제로 한 '노스탤지어nostalgia'의 역설이 끝없이 반복된다는 뜻이자 부재로서 현존하는 것이 지금 여기에 있다는 뜻이기도 하다. "긴 장마에 옆집 누이"가 건네준 "꽃모종"을 심어 가꿨더니 "색색이 핀 채송화가 환하게 웃는" 것을 본다. 그리고 "까까머리 때 두레 밥상 정성껏 챙겨주던 한 여름날 울 엄니와 세 누이가 불현듯 눈에 밟히는" 것을 경험한다. "울담에 묵혀둔 회상 꽃잎 피우러 오신" "울 엄니와 세 누이"

는 시인 곁에 여전히, 그리고 앞으로도 함께 있을 것이다. 그 과정을 단시조나 연시조로 그려내기에 시조의 리듬이 턱없이 부족했을 것이다. 리듬이 부족한 만큼 간절하다는 뜻이겠다.

언제였더라, 당신 만난 게
별꽃 피는 하늘 아래

거짓꼴 하나도 안 보태고 내가 찾던 별꽃이 바로, 바로 당신
이었어, 참말로 밤낮 가리지 않고 빛나는 별!

내게서
없어선 안 될
우주의
별꽃인 게야
─「별꽃 당신」 전문

그놈의 도꼬마리 가시 사랑에 굶주렸나?

옷자락에 한번 붙으면 떨어질 줄 모르나니, 한 생 살아가며
그런 사랑 한 번쯤 해봤으면 좋으련만…

아니야, 사랑도 사랑 나름

떨어질 줄도 알아야 사랑이지
–「도꼬마리 사랑」 전문

'간절懇切'함은 '파토스pathos'며 파토스는 부재에서 시작해서 부재로 끝난다. 중간에 잠깐 존재했다 사라지는 것. 망각했다가 불현듯 떠오르는 것. 그리고 다시 망각하는 것. 그것이 사랑이고 진실이며 그로 인해 시조의 리듬이 촉발되는 것은 아닐까. "연인들의 장소를 지속하려는 열망은 필연적이지만 그 지속성의 상실을 통해 사랑은 새로운 시간성을 마주한다. 연인들의 장소의 필연적인 특징은 '사라짐'에 있다. 연인들의 장소는 지속될 수 없고 지속되어서도 안 된다"*는 지적처럼 시인의 '당신'은 지금 부재한다. 즉, 함께 있었던 장소가 사라진 것이다. 시인의 '지금 여기hic et nunc'에는 "거짓꼴 하나도 안 보태고 내가 찾던 별꽃이 바로, 바로 당신이었어, 참말로 밤낮 가리지 않고 빛나는 별"이 없다! "내게서/ 없어선 안 될/ 우주의/ 별꽃"이 사라진 시인의 현재는 별이 없는 밤, 칠흑같이 어두운 밤이다. "옷자락에 한번 붙으면 떨어질 줄 모르나니, 한 생 살아가며 그런 사랑 한 번쯤 해봤으면 좋으련만". 사랑이라는 사건에 충실한 '도꼬마리 사랑'을 꿈꾸는 시인의 곁에는 과연 누가 있는가. "내가 사는 산동마을은/ 육지 속의 외로운 섬"(「무인도 낮달」)이

---

* 이광호, 『장소의 연인들』, 문학과지성사, 2023, 170쪽.

며 "혼밥이/ 꼭 나쁜 건 아냐/ 그리움도 찬이 되니"(「혼밥」)라고 말하는 시인의 혼밥은 앞으로 얼마나 더 이어질까. 과거를 안고 가는 홍준경 사설시조의 플롯은 시조 작품이기도 하고 시인의 삶이기도 할 것이다.

장소애라는 힘, 그리고 봄

특별한('특정한'이 아니다) 장소가 없는 시집 혹은 소설집은 독자에게 매력이 없을 것이다. 장르소설이든 판타지이든 특별한 장소가 필요하다. 특히, 시인은 저마다의 장소를 가지고 있으며 그 장소가 작품과 시집의 성패를 가르기도 한다. 그것은 장소가 가진 힘이기도 하고, 장소에 시인이 부여한 힘이기도 하다. 아무래도 매혹적인 시일수록 시인이 장소에 (의도적으로) 부여한 힘이 더 셀 것이다. 이른바 '토포필리아場所愛, topophilia' 가 바로 그것인데, 이때의 장소는 '일반인'에게는 쉽게 지나치는 무신경한 '공간'일 것이다. 그러나 시인에게는 특별한 정서를 불러일으키는 '장소'가 될 가능성이 높다. 이런 장소가 시를 촉발하는 '심상지리心象地理'로 기능하기 때문이다. 물론, 장소가 시를 촉발하는지, 시가 촉발되어 장소가 되는지 선후 관계를 따질 수 없으나, 시로 남았으므로 장소가 성립된다는 점은 분명하다. 다시 말해, 시의 공간은 장소여야 한다. 물론 여기서 장소는 시인에게만 장소여도 상관없겠다. 그러나 장소가 특별하면 특별할수록 그곳을 알아보는 사람(독자)이 많아질 것이며 시의 미학적 성취는 더 높아질 것이다.

    내가 사는 지리산 자락
    밤만 되면 달빛 제국

    띄엄띄엄 가로등이 초병처럼 서 있지만

    달빛이 어둠의 영토
    황제처럼 지배한다
    —「달빛 제국」 전문

    구름 띄워 피워내는
    이른 봄 여린 꽃은

    화엄사 범종에 깬
    우바니優婆尼 눈물인 듯

    스스로
    적멸에 들면
    흔적마저 지우는 꽃

　　　　ー「노고단 바람꽃」전문

"산수유역"(「눈꽃 열차」), "겨울밤 지리산은/ 별 무리 연회
장"(「겨울 독백」)에 살고 있는 홍준경 시인의 이번 시집에 현시
한 특별한 장소는 바로, 시인이 거주하고 있는 지리산 '달빛 제
국'이다. 그곳은 "띄엄띄엄 가로등이 초병처럼 서 있지만" 밤만
되면 "달빛이 어둠의 영토/ 황제처럼 지배"하는 곳이다. 간략
한 문장만으로도 장소의 고유성이 돌올하게 드러난다. 또 그곳
은 "화엄사 범종" 소리에 깬 "우바니 눈물" 같은 "이른 봄 여린
꽃"이 피어나는 곳이기도 하다. "화엄사 범종에 깬/ 우바니 눈
물" 같은 꽃, "스스로/ 적멸에 들면/ 흔적마저 지우는 꽃"이 있
는 구례의 노고단. 신비함을 넘어서 경건함에 가닿고자 한 시
인의 장소애場所愛가 각별해 보인다.

　　고삐 풀린 겨울바람 산수유 숲 훑고 간다
　　만등불사卍燈佛事 끝낸 들녘 낮달만 기웃대는
　　골 깊은 겨울 산동은 그림자도 훈김이 된다

　　이웃 소식 무장 뜸해 마실 가듯 가는 오일장
　　얼추 봐도 장꾼들이 손님보다 훨씬 많아
　　말 고픈 사람들 모여 뜬소문 입방아 찧고…

북적대던 선술집에 어스름이 찾아들면
떨이 물건 한 보따리 얼기설기 꾸려 들고
어둠을 등에 진 귀갓길 허기가 한 짐이다
　－「겨울 구례」 전문

웃자란 그리움이
산수유
꽃물 들이고

병아리 껍질 쪼아
줄탁동시崒啄同時 부화하듯

눈바람
그러안고서
선잠 깬 눈
거슴츠레하다
　－「산수유 꽃물결」 전문

　이번에는 겨울과 봄의 구례다. “고삐 풀린 겨울바람 산수유
숲 훑고” 갈 때 “만등불사 끝낸 들녘 낮달만 기웃대”며 “골 깊은
겨울 산동은 그림자도 훈김이” 되는 곳. “장꾼들이 손님보다 훨
씬 많”은 곳. “어둠을 등에 진 귀갓길 허기가 한 짐”인 선술집이

있는 곳. 여기서 중요한 것은 겨울 구례의 풍경이 아니라, 겨울 구례를 보고 있는 홍준경 시인의 시선이다. 시인은 그림자도 훈김이 되는, "이웃 소식 무장 뜸해 마실 가듯 가는 오일장"이 서는 구례에 따뜻한 시선을 보낸다. 비록 "말 고픈 사람들 모여 뜬소문 입방아 찧"더라도 '훈김' 서리는 따뜻함이 시인 그리고 독자에게 고스란히 넘어오고 있으니, 적어도 시인에게만큼은 구례는 "고삐 풀린 겨울바람"이 불더라도 따뜻하기만 하다. 그 렇게 겨울바람 지나 "눈바람/ 그러안고서/ 선잠 깬 눈"으로 "웃 자란 그리움이/ 산수유/ 꽃물 들"일 때면 "줄탁동시 부화하듯" '산수유 꽃물결'이 일렁인다. "능선마다 산벚꽃이/ 꽃멀미를 앓더니만// 한 줄기 바람 일자 와르르 사태가 났네"(「멀미」). 겨 울 지나면 봄이다. 그리고 봄은 언제나 다르다. 시인에게도 구 례에도 매년 다르게 봄이 왔다.

산동마을 봄밤은 야옹이처럼 살그미 온다
산수유 벙그는 꽃술, 행여나 어쩔까 봐
우수절 해토머리 바람
가없이 숨죽이지

이웃집 저녁연기 땅거미에 파묻히면
어둠 삼킨 마을은 망망대해 크루즈선
불빛의 실루엣까지

까맣게 지워버렸어

와병 중인 아내 병실 안부 전화 걸다 말고
혹여 잠에서 깰까? 반쯤 핀 꽃 사진과
산수유 꽃말을 엮어
남녘 소식 띄운다
　－「봄밤, 산수유 마을」 전문

걸어서 이십여 리 목가마을 산수유 꽃길
듬성듬성 노고단 잔설
새치처럼 하얀데
강황 물
흩뿌린 꽃담
들머리부터 노랗다

누가 오면 어떠하고 떠나간들 또 어떤가
강물 한번 흘러가면
다시는 못 돌아오듯
눈 밟혀
아슴아슴한 이들
꽃으로나 와줬으면…
　－「산수유 꽃길」 전문

봄이면 만물이 '기운생동氣韻生動'한다. 생명력과 생기 가득한 봄이 구례에 왔다. "촉촉하게 물이 올라 풀물 두른 저 산자락"(「안개비 눈부처」)에도 봄이 왔다. 그러나 봄, 여름, 가을, 겨울 사계절의 경계는 명확하지 않고 분절하기도 어렵다. 흔히 말하는 3월, 7월, 9월, 11월 등의 숫자로 계절의 시작과 끝을 나누기도 마땅치 않을뿐더러, 최근 기후 위기로 인해 비정상적인 날씨가 보편화되면서 봄과 가을 또한 점점 짧아지고 있다. 그러나 시는 계절을 나누는 동시에 계절의 경계를 분명히 보여줄 수 있다. 이미지 혹은 은유로 계절을 명명命名하기 때문이다. "산동마을 봄밤"이 "야옹이처럼 살그미 온다"고 말하는 것이 바로 그런 예다. "산수유 벙그는 꽃술, 행여나 어쩔까 봐/ 우수절 해토머리 바람/ 가없이 숨죽"일 정도로 온단다. 그러나 둘째 수부터 첫째 수와 다르게 상황이 급박하게 돌아간다. "어둠 삼킨 마을은 망망대해 크루즈선" 같아서 "불빛의 실루엣까지/ 까맣게 지워버"리고, "와병 중인 아내 병실 안부 전화 걸다"만다. 결국 시인이 할 수 있는 것은 "반쯤 핀 꽃 사진과/ 산수유 꽃말을 엮어/ 남녘 소식 띄"우는 일일 뿐. 봄이 왔다고 말이다. 봄이 왔음을 전하는 일밖에 할 수 없는 안타까움이 산수유 마을 봄밤을 가득 채우고 있다. 그리고 그 산수유 마을에는 "누가 오면 어쩌하고 떠나간들 또 어떤가" 하면서도 "눈 밝혀/ 아슴아슴한 이들"이 있다. 누가 왔는지, 누가 갔는지 알 수 없다. 다만 "강물 한번 흘러가면/ 다시는 못 돌아오듯"그 누구든 한번 꽃길을 걸어 나가면 다시 돌아오지 못한다. 그렇게 아득한 곳이 바로 "목가마을 산수유 꽃길"이니, 그 언젠가 봄에, 산수유 꽃길에, 꼭 한번 가보고 싶지 않은가.

이번 홍준경 시집에서 우리는 궁핍한 시대를 건너가는 한 시인을 본다. 시인은 진실의 관점에서 세상을 거부하지만, 현실의 관점에서 세상을 받아들이고자 한다. 비극적인 세계 가운데서도 시인은 세계를 따뜻하게 안으려 하기 때문이다. 동시에 시인은 버틴다. 억새처럼 부정의 변증법으로 말이다. 이에 따라 시인은 순수 과거를 소환하여 과거를 안고 가는 현재와 더불어 그리운 대상에 대한 간절함을 시조의 리듬으로 이끌어내고 있다. 얼마나 간절한지 리듬이 턱없이 부족해 사설시조로 쓸 만큼 말이다. 마침내 시인은 이 모든 비극적인 태도와 순수 과거가 충일한 장소를 우리에게 선보인다. 바로 '지리산 달빛 제국'이자 '산수유 꽃길'이 있는 구례. 봄에 꼭 한번 가보자. 지극히 아득해서 아름다울 것 같다.